愤怒的生气包

FENNU DE SHENGQIBAO

[巴西]布兰迪娜·弗兰克 著　　[巴西]何塞·卡洛斯 绘　　余治莹 译

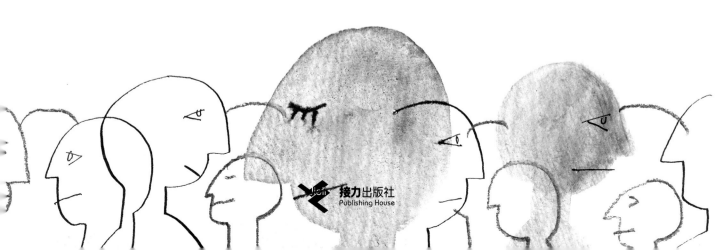

接力出版社
Publishing House

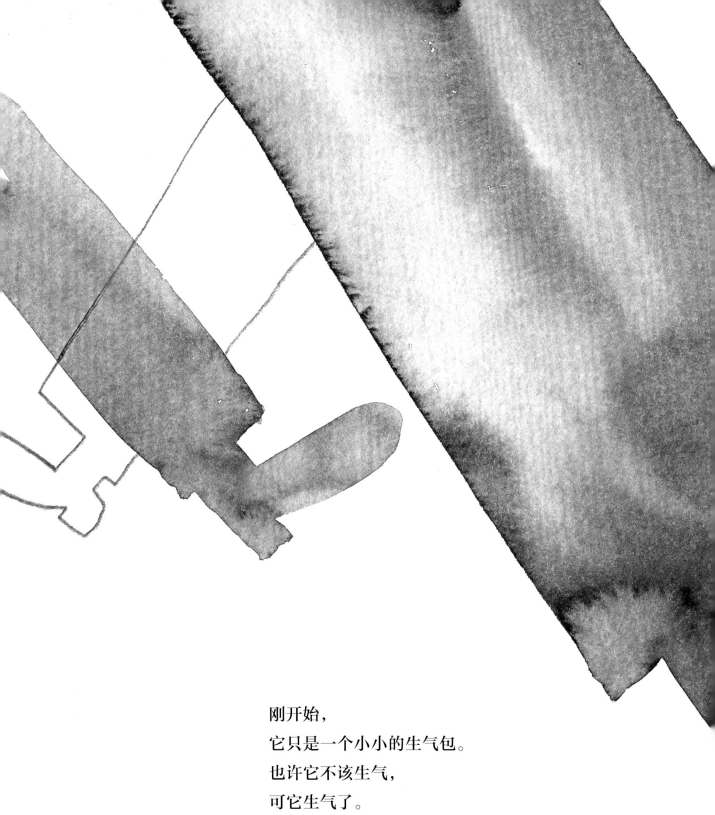

刚开始，
它只是一个小小的生气包。
也许它不该生气，
可它生气了。

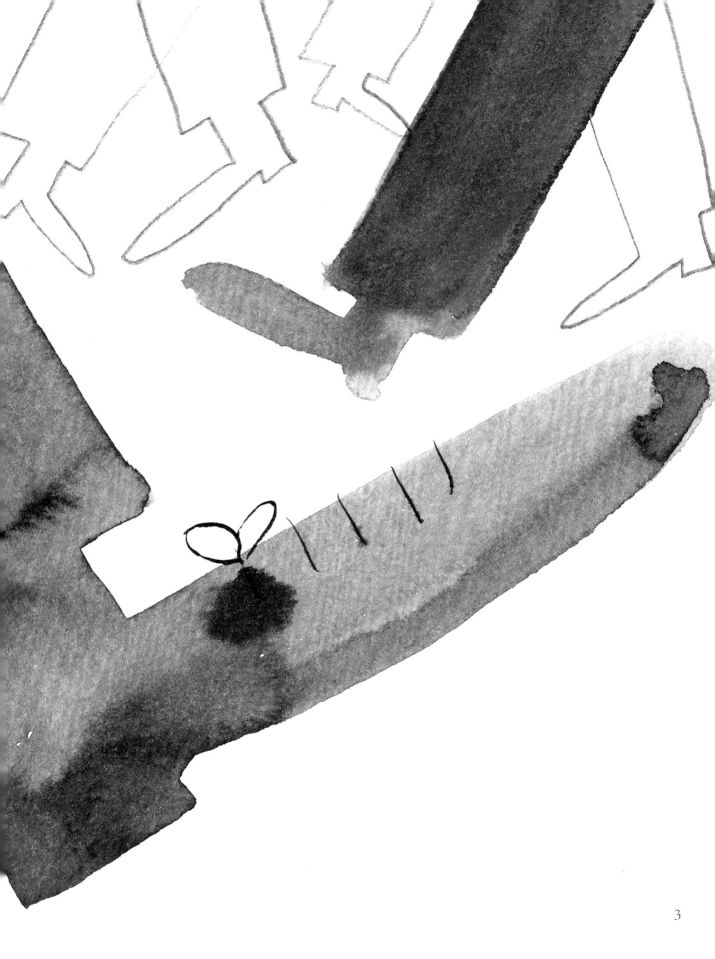

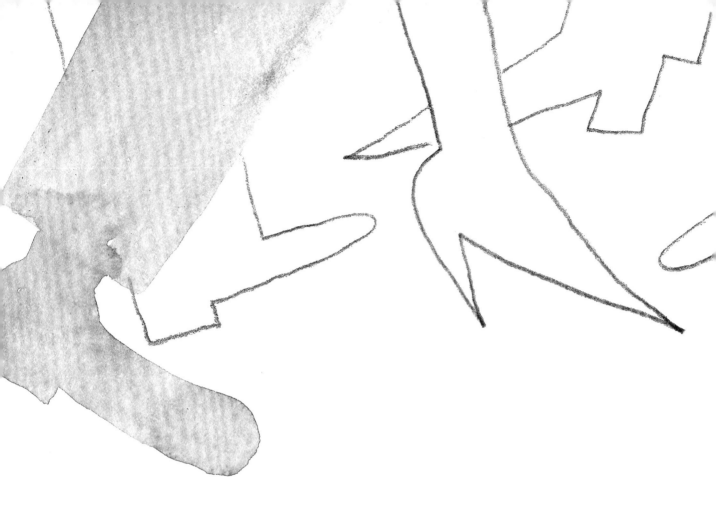

刚开始，
它窝在角落里，
一直想来想去，
一个人生闷气。

4

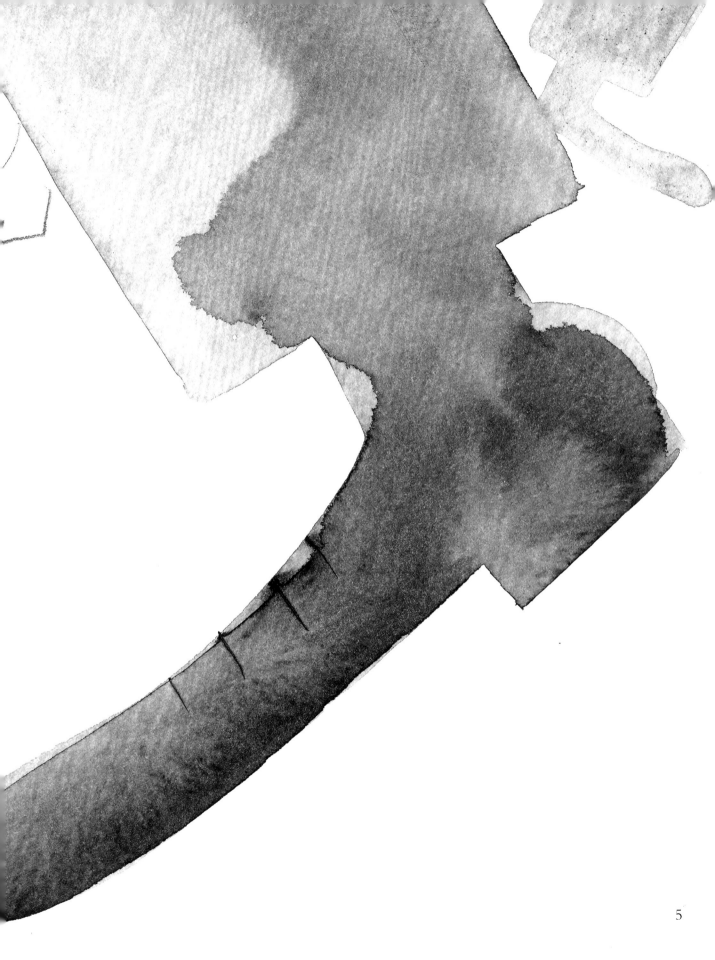

过了一段时间，
它开始找别人的麻烦。

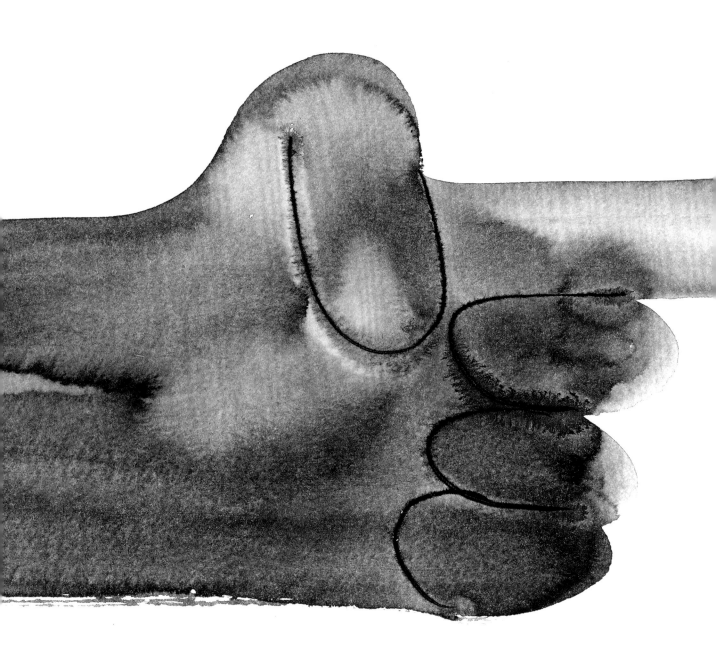

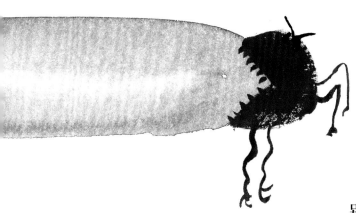

别人不相信的表情，
不自然的微笑，
无意中的玩笑话，
容易引起误会的画面，
都能惹怒它。

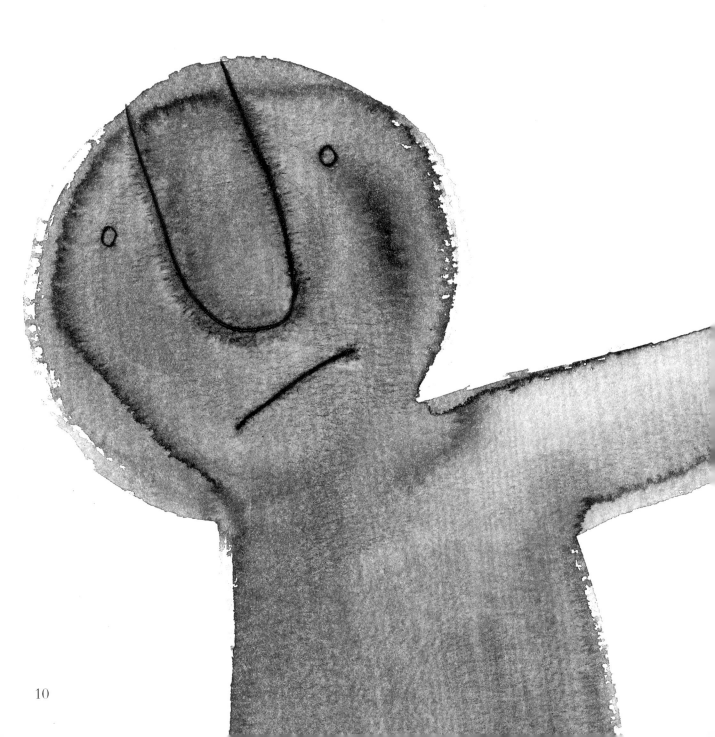

生气包越长越大，
脾气也越来越坏，
看什么都不顺眼。

不管是在跳舞的人，

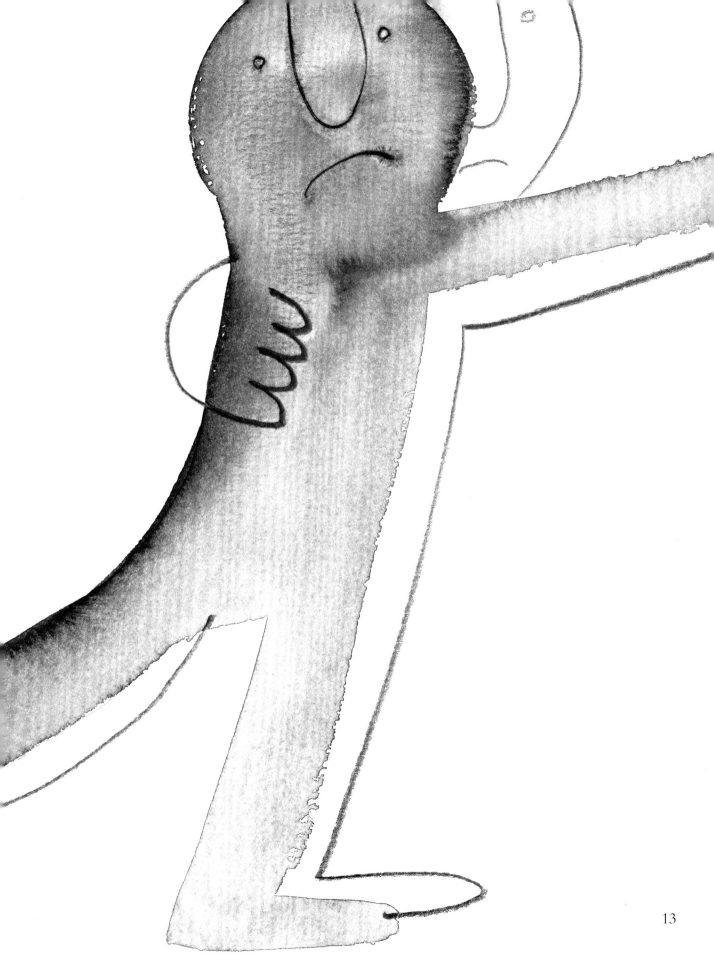

坐着聊天的人，

热恋中的人，

还是正在运动的人······
即便是一件很小的事，
都能让它气鼓鼓的。

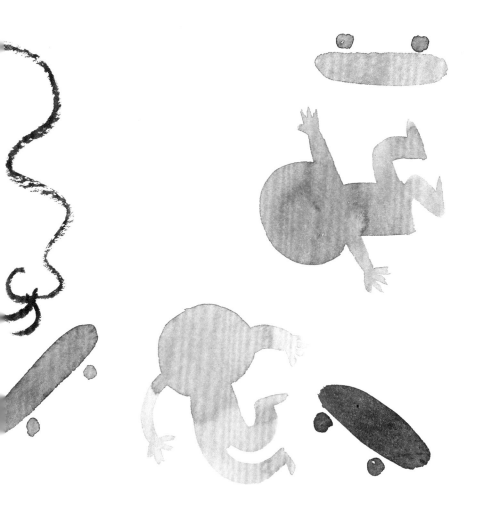

跟生气包讲道理没有用，
它根本不想听。

给生气包看证据也没有用，
它根本不想看。

更不用说要说服生气包，
它什么都不会相信，
因为它自大、固执，
只想着自己。

愤怒的生气包一直长个不停，
变得巨大无比。

它不再是一个小小的生气包。

它发怒了！

它愤怒了！！

它暴怒了！！！

它如此**庞大**，

自己再也承受不了。

它爆炸了！

你想象不到，
爆炸后的混乱场面，
清理起来有多么麻烦！

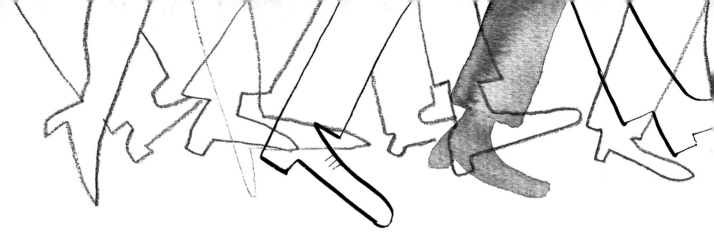

桂图登字：20-2016-044

A RAIVA

Copyright © 2014 by Blandina Franco & José Carlos Lollo.
Simplified Chinese Language edition published in agreement with Agência Riff,
through The Grayhawk Agency.

图书在版编目（CIP）数据

愤怒的生气包 ／（巴西）布兰迪娜·弗兰克著；（巴西）何塞·卡洛斯绘；
余治莹译.—南宁：接力出版社，2017.6
　　ISBN 978-7-5448-4937-1

　　Ⅰ.①愤… Ⅱ.①布…②何…③余… Ⅲ.①儿童故事－图画故事－巴西－现代
Ⅳ.①I777.85

中国版本图书馆CIP数据核字(2017)第147446号

责任编辑：唐　玲　　文字编辑：陈三霞　　美术编辑：王　琰
责任校对：贾玲云　　责任监印：陈嘉智　　版权联络：王燕超
社长：黄　俭　　总编辑：白　冰
出版发行：接力出版社　　社址：广西南宁市园湖南路9号　　邮编：530022
电话：010-65546561（发行部）　　传真：010-65545210（发行部）
http://www.jielibj.com　　E-mail:jieli@jielibook.com
印制：北京尚唐印刷包装有限公司
开本：889毫米×1194毫米　1/16　　印张：2.5　　字数：20千字
版次：2017年6月第1版　　印次：2017年6月第1次印刷
定价：36.00元